KB022134

이쯤만
그리워할 수
있어도

이쯤만 그리워할 수 있어도

발행일 2019년 10월 25일

지은이 최상만
펴낸이 최상만
펴낸곳 방촌문학사
출판등록 2015. 9. 16(제419-2015-000015호)
주소 강원도 원주시 소초면 교항공산길 21-10
전화번호 033)732-2638
이메일 dhdpsm@hanmail.net

편집/디자인 최린아
제작처 (주)북랩 www.book.co.kr

ISBN 979-11-89136-04-8 03810 (종이책)
979-11-89136-05-5 05810 (전자책)

이 도서의 국립중앙도서관 출판예정도서목록(CIP)은 서지정보유통지원시스템 홈페이지(http://seoji.nl.go.kr)와 국가자료공동목록시스템(http://www.nl.go.kr/kolisnet)에서 이용하실 수 있습니다.
(CIP제어번호 : CIP2019042371)

이쯤만 그리워할 수 있어도

최상만 시집

방촌문학사

작가의 말

시가 누군가에게 다가가서 울림이 되고 따뜻한 위로가 되고, 가슴 한쪽에 그리움으로 남아 그래서 스스로 일어서기를 혼자 살아남기를 바란 적이 있었다. 시가 독자들의 입에서 웅얼거릴 그런 날도 꿈꾸었었다. 어리석게도, 이제는 아니다.

시로 무엇을 하겠다는 마음은 진즉에 버렸다. 시로 무엇을 할 수 있는 시대는 지났다. 그런데도 시가 말을 걸어오고 문득 잠을 깨운다. 시가 읽히지 않는 시대에 미련하게 시를 쓰는 어리석음을 언제쯤 깨닫게 될는지.

누군가가 그랬다.

"그래서, 시로 뭘 어쩔 건데?"

어쩌려고 시를 쓰는 것은 아니다. 어쩌지는 못하더라도 다만 감성의 민낯을 내보이며, 부끄러운 나를 찾고 싶을 뿐이다. 시가 해석이 필요 없이 독자와 직접 대면하기를 바라며, 언제가 될지 모르지만 어디선가, 거기에 서서 기다리고 있을 누군가를 만나고 싶다.

목차

나도 누군가의
등대가 될 수 있을까

오늘이라는 흐름 속에, 너도, 나도,
한 그루의 외로움으로 던져져 있다.
꽃무릇같은 외로움으로 모여 서서
스테인드글라스 조각처럼 삶을 맞추어 간다.
외로운 사람은 외로운 대로
외로운 그림을 그리고
서글픈 사람은 서글픈 대로
서글픈 그림을 그리고
모두가 저마다의 삶을 조각보처럼
동강난 세월을 모아 가며 만들어 간다.

바람의 언덕길에서

돌담

조각보

스테인드글라스

그늘

서설

너는 아니

차를 마시며

관계

하늘

카나리아에게 듣다

바람의 언덕길에서

동해시 묵호동 논골 맨 꼭대기
바람의 언덕길에는 위태롭게 등대 하나 서 있다.
등대는 밤이 되면 여전히 누군가를 위해 불을 밝힌다.
해안가 언덕 위에 서서 바다의 길을 만든다.
황태 덕장 기둥에는 애환의 시간이 말라붙어 있다.
여전히 바람은 고된 언덕길을 오르고
다락논 같은 판잣집 마당에 해국 몇 송이 피고 있다.
등대 밑에 옹기종기 모여 사는 사람들은
해풍에 삶의 무게 날려 보내고
마른 북어 몇 마리에도 고된 웃음이 훙건하다.
등대 때문일 게다.
나도 누군가의 등대가 될 수 있을까.

돌담

작은 돌은 작은 돌대로
큰 돌은 큰 돌대로
모난 돌은 모난 곳에
둥근 돌은 둥근 곳에
돌담에 필요 없는 돌이 있던가.
뾰족한 돌도 쓸모가 있더라.
모양은 서로 달라도
함께 어우러지더라.
제멋대로 생겼어도
다 제자리가 있더라.

돌담이 아름다운 것은
함께 기대어 견디기 때문은 아닐는지.

조각보

조각난 천들이 모이면
무지개가 뜬다.
밥상 위에도, 베갯모에도
쓰고 남은 자투리에도
꽃이 핀다는 것을
이리 아름다울 수 있다는 것을
조각난 삶도
서로 손 잡으면 따뜻한 온기로
덮을 수 있다는 것을
상처 난 마음 보듬을 수 있다는 것을
한번 쯤 찢기지 않은 삶이 어디 있는가.
갈가리 찢긴 삶도
한 땀 한 땀 기워가다 보면
무지개처럼 아름다울 수 있다는 것을

스테인드글라스

작은 조각들이 모여 신비한 분위기를 만드는 것처럼
짧은 순간들이 모여 한 사람의 삶을 만든다.
오늘도 짧은 순간이다.
하루가 모이면 한 주가 되고,
한 주가 모이면 한 달이 되고
시간의 편린들이 삶을 모자이크해 간다.
오늘이라는 흐름 속에, 너도, 나도,
한 그루의 외로움으로 던져져 있다.
꽃무릇같은 외로움으로 모여 서서
스테인드글라스 조각처럼 삶을 맞추어 간다.
외로운 사람은 외로운 대로
외로운 그림을 그리고
서글픈 사람은 서글픈 대로
서글픈 그림을 그리고
모두가 저마다의 삶을 조각보처럼
동강난 세월을 모아 가며 만들어 간다.

그늘

그림자에는 눈물이 없다.

그 어떤 아픔도 보듬어 안는다.

그림자에는 빛깔이 없다.

그 어떤 꽃도 그림자 앞에서

자신의 빛깔을 내세우지 않는다.

언제나 빛과 함께하지만,

그 어떤 어둠도 함께 어우러진다.

그늘은 그림자를 만들지 않는다.

그림자는 다른 그림자의 상처까지

온몸으로 감싸 안는다.

그림자끼리는 키 재기를 하지 않는다.

키 작은 나무는 키 작은 그림자를

키 큰 나무는 키 큰 그림자를 만들 뿐

잘남과 못남을 따지지 않는다.

그림자 속에서는 모두가 그림자가 된다.

그늘은 또다시 그늘을 만들지 않는다.

서설

어딘가에 꽃소식이 들리더니
밤새 도둑눈이 하얗게 내렸다.
서설이란다.
돼지꿈같이 상서롭다.
우리는
얼굴 따갑게 때리는 싸라기눈을
명주실처럼 내리는 포슬눈을
발자국 겨우 남기는 자국눈을
초겨울 어설피 내리는 푼눈을
서설이라 하지는 않는다.
함박눈 펑펑 내려
사람들 맘속으로 들어가
온 세상 하얗게 희망을 만들 때
사람들 손잡고 마주 보게 할 때
서설이 되는 거다.
우리 모두 그런 눈이 되면 좋겠다.

너는 아니

너는 아니?
이른 봄 꽃눈에도
아픔이 있다는 것을

한여름 푸른 연잎도
지난가을 뿌리 잘리는 고통
참아냈다는 것을

늦가을 단풍에도
서리를 참으며 어금니 깨물던 숱한 눈물
들어 있다는 것을

너는 아니?
바람에도 바다를 건너며 발 부르트는
향기가 있다는 것을

너를 둘러싼 모든 것들도
여름 광풍에 흔들렸다는 것을
속으로 꺽꺽한 눈물 삼켰다는 것을.

차를 마시며

태양 빛으로 잉태된 대추의 붉은 향기에
흙 내음 모아 우려낸 새앙물에
벌들의 집념이 빚어 놓은 달콤함 더하면
모세혈관까지 기분 좋아지지 않는가.
하나 둘 모여
함께 어우러지면 향기도 배가 되는 것을
차 한 잔을 마시며 깨닫는다.
서로 모여
서로의 향내 더하여 만들어 내는 조화,
대추도 생강도 하는 일을,
우리는 만나서
어떤 향기를 풍기는지
어떤 의미를 더하는지
서로가 서로에게

관계

금을 그었다.
벽이 되었다.
투명한 유리벽이 되었다.
웃음소리도 들리지 않는다.

금을 지웠다.
그가 똑똑! 문을 두드렸다.
마음의 창에
덩달아 달이 떴다.

창을 열고
팔을 벌렸다.
그가 다가와 안겼다.
어디선가 뻐꾸기가 울고 있었다.

하늘

바다가 하늘인지
하늘이 바다인지
모를 푸르름이여!

산도 푸르고
들도 푸르고
마음도 푸르른 하늘이여!

하늘은 스스로
경계를 만들지 않는다
누군가가 그어 놓았을 뿐

하늘은 이미 알고 있었던 거다
함께 어우러지는 법을
하나 되는 법을

카나리아에게 듣다

유폐된 세상, 베란다 새장에 카나리아 한 마리
창공을 그리며 백수白壽를 넘겼다. 세월 앞에
관절염으로 휘어진 발목 카나리아는 절름발이가
되었다. 뼈대만 남은 깃털로는 날아오르는 것조차
힘들다. 한때는 황금 깃을 자랑하던 황후의 자태였다.
한때는 새벽을 깨우는 천상의 목소리였다. 이제
카나리아는 길게 자란 부리로는 모이를 쪼는 일도
잊어버렸다. 며칠 동안 힘겨운 목소리였다. 무엇을
말하려던 것일까. 끝끝내 듣지는 못했지만 카나리아의
몸이 식어 갈 때 느낄 수 있었다. 중요한 것은 들리는
목소리가 아니란 것을 보이는 깃털이 아니란 것을
중요한 것은 들리지 않는 진실이라는 것을

보이지 않는 뜨거운 가슴이라는 것을

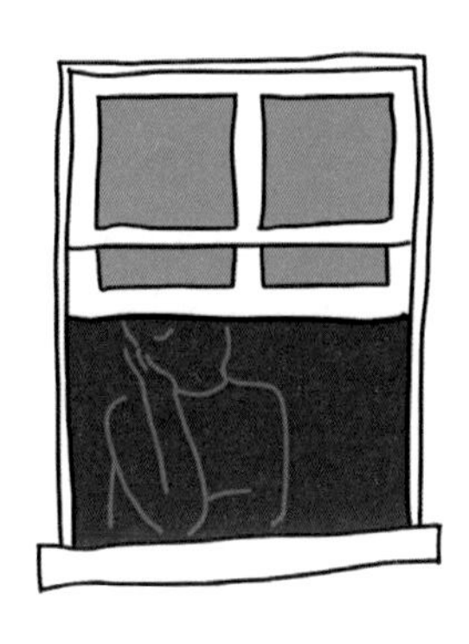

우리는 사연 하나씩

더하며 산다

바로 서기

나이테

소망탑

그런 거야 2

흐름

세월

날씨

다를 뿐

탁란

빼꾸기의 전설

회한

당신은

바로 서기

삐걱거림도 바로 서기 위한 외침이더라
균형이 맞으면 소리가 나지 않더라
바로 선 것은 삐걱거리지 않더라
흔들림도 넘어지지 않기 위한
몸부림이더라
돛단배도 잔잔한 물결 위에서는 평온하더라
바로 선 것은 흔들리지 않더라
갈등도 회복을 위한 부딪침이더라
씨앗도 한겨울 추위 견뎌야 싹을 틔우더라
새로운 만남을 위한 기다림이더라
팽이는 맞아야 바로 서더라
바로 서야 흔들리지 않더라
흔들림도 바로 서기 위한 떨림이더라
흔들림도 넘어지지 않기 위한 몸부림이더라

나이테

저마다의 가슴에는
저마다의 사연 하나씩 묻어 두고 산다.

남몰래 꺼내 보는 추억
사연 없는 삶이 어디 있겠는가.

눈물로 빚은 사연
웃음으로 담은 사연

우리는 사연 하나씩 더하며 산다.
오늘도 나이테 하나 늘었나 보다.

소망탑

사람들이 들고 온 소망이
모여 돌탑이 되었다.

소망을 돌에 담아 하나 둘
쌓아 올린다.

나는 나의 소망을
너는 너의 소망을

사람들의 놓고 간 간절함이 탑이 된다.
성글지만 무너지지 않는 탑이 된다.

소망탑이 폭풍우를 견디는 것은
모두의 소망들이 그물처럼 손잡고 섰기 때문일까.

태풍도 그 성스러운 소망의 끈을
차마 끊을 수 없나 보다.

그런 거야 2

별들도 누군가 보아 주길 바라면서 빛나는 거야.
앵두도 누군가 한입 가득 머금어 주길 바라면서
붉게 익었던 거야.
그랬던 거야.
누군가 보아 줄 것을 믿기에
누군가 머금어 줄 것을 알기에
어둔 밤을 빛내며 기다렸던 거야.
봄밤을 붉은 마음으로 애태웠던 거야.
누군가 아껴줄 것을 알기에
아릿한 봄날을 꽃으로 흩날렸던 거야.
그랬던 거야.
먹먹해지는 가슴으로
밤하늘 쳐다보자 별 하나 깜빡,
빛났다.
손닿기 전에 앵두 하나 툭,
붉게 떨어졌다.

흐름

어느새 성큼 자라 있었다.
목소리는 우렁우렁해졌다.
얼큰한 국물을 좋아한다.
아들 녀석은
지금까지 날 닮아 온 거였다.

돌이켜 보면 키는 점점 작아지고
목소리는 걸걸해졌다.
푹 고은 곰탕이 좋아졌다.
나는 지금까지
아버지를 닮아가는 거였다.

세월

슬그머니 나가더니
돌아올 줄을 모른다.
허락도 없이
머리카락도
시력도
탱글탱글한 피부도 외출중이다.

그 사이 슬그머니
노안이 찾아왔다.
불면증도
관절 쑤심도
들어앉아 자리를 잡았다.

언제까지 푸를 줄 알았더니

날씨

한 조각 구름이 바지랑대 끝에 걸려있다.
하늘은 더욱 푸르다.
오늘은 기분이 좋은가 보다.
하얀 구름도, 파란 하늘도 싱그럽다.

하얀 새털구름이 빨랫줄에서 흔들리고 있다.
오늘따라 혼란스럽다.
오늘은 기분이 별로인가 보다.
새털구름도 푸른 산맥도 무심하다.

구름에게, 날씨에게 감정이 어디 있으랴.
좋은 날씨, 나쁜 날씨가 어디 있으랴.
좋아하는 날씨, 싫어하는 날씨야 있겠지만
감정에 따라 달라질 뿐인 것을

다를 뿐

모든 집에 달이 자란다.

좀 늦거나
좀 빠를 뿐,

담장 위에나
지붕 위에

기다림의 차이는 있다.
그리움의 차이도 있다.

서로 다를 뿐
서로 다르게 보일 뿐

모든 집에 꿈이 자란다.

탁란

나는 붉은머리오목눈이다.
나는 여름이 되면 가슴이 저린다.
여름, 그 길목에 그 녀석이 왔다.
둥지를 비우면 알이 하나 바뀐다.
어느새 그 녀석이 다녀갔나 보다.
알이 부화하면
뻐꾹 뻐꾹
어미는 그 격한 목소리로
주변을 서성인다.

나는 뻐꾸기다.
다리가 짧아 알을 품지 못하는 뻐꾸기다.
나는 여름이 되면 산란 터를 찾아 나선다.

붉은머리오목눈이가 둥지를 비우면
알 하나 삼키고
배 속에 품고 있던 알 하나 둥지에 낳는다.
알을 품어 주는 오목눈이에겐 미안하다.
그렇다고 욕하지는 마라.
당신들과 다를 뿐이다.
우리가 존재하는 방식일 뿐이다.

삶은 어차피 탁란 같은 것.

뻐꾸기의 전설

시어미 구박에 죽은 며느리가 있었다 한다.
며느리는 죽어 새가 되었다 한다.

낱알은 흉년들어 쓰러지고
피죽도 못 먹던 보릿고개,
옥수수도 잎사귀가 비비 꼬이던 날,
시어미가 끓여 놓은 떡국을
배를 곯던 개가 날름 먹어버렸다.
시어미는 며느리가 먹은 줄 알았다.
쏟아지는 구박에
며느리는 병이 들었다.
시어미는 개가 먹었다는 말을 믿지 않았다.
며느리는 원통한 마음으로 죽었다.
며느리는 죽어 새가 되었다 한다.
뻐꾸기 돌아오는 처절한 유월이 되면
들려오는 메아리 소리

떡꾹! 떡국! 떡꾹! 개개객!
떡국을 개가 먹었다고 개개객!
무더위가 민가에까지 내려오는 어스름 녘
뻐꾸기의 애절한 울음 소리.

뻐꾸기는 그때부터
알을 품지 못하는 새가 되었다 한다.

회한

홍시처럼
나무에 매달려 익어도 좋을 것을
설익은 사랑이 더 아프지 않더냐.
은행처럼 단풍 들어 떨어져도 좋을 것을
한여름 푸르게 살았으면
바람에 나뒹굴어도 나쁘지 않을 것을

나목처럼
모든 것 내려놓고 비워두어도 좋을 것을
채울수록 더 갖고 싶지 않더냐.
도토리처럼 떨어져 흩어져도 좋을 것을
한 세월 푸지게 살았으면
낮은 곳으로 흘러도 나쁘지 않을 것을
그럴 줄을 미리 알았다면야

낙엽 지는 가을을 서러워했으랴마는
나뭇잎 떨어져 흩어져도
마음속에 그리운 사람 남아 있다면야
기다림이 아름답지 않겠는가.
한 세상 눈물겹게 푸근하지 않겠는가.

당신은

당신은
무슨 꽃으로 피어나는가.
무슨 꽃물 들이고 있는가.
무슨 향기로 피어나는가.
무슨 무늬를 그리고 있는가.
우리는
자기만의 빛깔로 빛나기 위해
두 팔 벌려 서는 것이 아닐까.
모두들 자신만의 흔적 남기며
하루하루 사는 게 아닐까.
사람마다 다른 향기 지녔으니
자기만의 향내 풍기려
땀 내 풍기는 게 아닐까.
사람이 살아가는 길에
중요하지 않은 길이 있겠는가.
누군들 소중하지 않은 삶이 있겠는가.

그게 너였으면

좋겠다

쯤

이쯤만 바라볼 수 있어도
이쯤만 설렐 수 있어도
다행인 것을

그쯤만 서성일 수 있어도
그쯤만 기다릴 수 있어도
기쁨인 것을

여기 어디쯤에 내가 있고
거기 어디쯤에 그대가 있다면
얼마나 좋으랴

이쯤만 다가갈 수 있어도
이쯤만 그리워할 수 있어도
천 년도 길지 않으리

당신

이슬 젖은 자작나무 이파리 같은
오월 푸른 향기의 보리 이삭 같은
라흐마니노프의 피아노 협주곡 같은
외로운 낙산사에서 듣는 파도 소리 같은
한여름 대지를 적시는 소나기 같은
만선의 석양 뱃고동 같은
하얀 프리지어 꽃 그림자 같은
무서리에 핀 감국 향 같은
솔밭 길 바람의 향기 같은
의암호의 새벽 물안개 같은
옹달샘에 피어난 눈꽃 같은
당신,
그리움

당신 생각

바지랑대를 흔들면
빨랫줄에 걸려 있던
별들이 쏟아져
내릴 것 같아요.

그게 너였으면 좋겠다

눈 감으면 떠오르는 사람이
동구 밖 버드나무 뒤에 숨어 기다리는 사람이
너였으면 좋겠다.

목소리만 들어도 행복해지는 사람이
약속하지 않아도 그곳에서 만날 수 있는 사람이
너였으면 좋겠다.

옆에만 있어도 의지가 되는 사람이
잠시만 헤어져도 봇물처럼 그리워지는 사람이
너였으면 좋겠다.

수없이 가을이 다녀가고, 다시 가을이 와도
오롯이 한 사람만 선택할 수 있는 사람이
너였으면 좋겠다.

나도 네게 그런 사람이었으면 좋겠다.

길

모든 길은 너에게 이어져 있지.

하늘길도 바닷길도

모두 너에게 이어져 있지.

너에게 가는 길,

돌아 돌아, 가는 길도

눈부시게 햇살 쏟아지는 것은

그 길 끝에 기다림이 있기 때문이지.

비바람 불어도

눈보라 쳐도 너에게 가는 길은

꽃비 내리는 길

혼자 걸어도 외롭지 않은 것은

길가에 핀 꽃도, 나무도 환호하기 때문이지.

그 길 끝에 네가 있기 때문이지.

너 2

세상이 아름다운 것은
네가 있기 때문이란다.

너의 미소 때문에
너의 눈물 때문에
이 세상은
슬퍼도 아름다운 거란다.

너의 배려 때문에
너의 사랑 때문에
이 세상은
추워도 따뜻한 거란다.

이 세상이 아름다운 것은
바로
네가 있기 때문이란다.

한번 쯤

어쩌다 한번 쯤 그 사람을 떠올렸을 때
추억 하나쯤 건져 놓을 기억 하나쯤 있으면
어쩌다 한번 쯤 그 사람을 떠올렸을 때
어디서 무얼 하며 사는지 궁금해지면
어쩌다 한번 쯤 그 사람을 떠올렸을 때
보고 싶다는 여운이 뭉게뭉게 피어오르면
어쩌다 한번 쯤 그 사람을 떠올렸을 때
보고 싶다는 마음이 아주 잠시라도 머물면
마음속에 아직 그리움이 남아 있는 거다.
가끔 그의 생각으로 눈을 뜨면 기다림인 거다.

그림자

당신은 나의 그림자입니다.
눈을 감아도 보입니다.
잠시 하던 일 멈추면
당신의 향기가 은은합니다.
언제부터인가
당신은 나의 새벽입니다.
손끝 하나
눈길 하나
당신으로부터 시작됩니다.
당신은 나의 꽃입니다.
당신 생각만으로도
마음속에서 꽃이 피어납니다.
바라만 보아도
눈에는 환한 미소가 피어납니다.
당신은 나의 일상입니다.
어느 곳에서나 주위를 서성입니다.
주변을 맴돌다 밤이 되면
언제나 함께 잠이 듭니다.

지지知止✦

고개를 내밀던 보랏빛 노루귀가
꽃샘추위에 고개를 디밀었다.
꽃샘추위도 견딜 만큼만 추웠다.
노루귀는 하얀 털로 목 두르고
눈 녹기를 기다린다.
노루귀 꽃봉오리도 기다림을 아나 보다.

봄눈 속에 묻힌 바람꽃도 고개를 숙였다.
봄눈도 꿩의바람꽃을 온전히 덮지는 않았다.
눈도 꿩의바람꽃이 서 있을 만큼은
꽃자리를 비워두었다.
봄눈도 상대를 배려할 줄 아나 보다.

바람도 그쳐야 할 때, 그칠 줄 아나 보다.

꽃잎 여는 시간에는 바람도 불지 않았다.

바람도 꽃잎 피어나는

아픔 함께 느끼는 것이리라.

바람만이 그리했겠는가.

온갖 것들도 그칠 때를 아는 것을…….

◆ 지지지지(知止止止)는 그침을 알아 그칠 때 그친다는 말이다. '지지(知止)'는 노자의 『도덕경』 44장에 나온다.

풍장

바람에 맡겼다.
바람이 씻어 주었다.
그리고는
함께 바람이 되었다.

만남

지난밤 빗소리 소란하더니
산이 허물을 벗는다.
한 꺼풀씩 허물을 벗는 묵은 계절
겨울의 흔적들이 북방으로 밀려난다.
봄빛은 한 겹씩 북쪽으로 푸르러간다.
질펀한 향연이다.
숲이 수런거린다.
치명적인 만남이다.
쫓고 쫓기는 질서의 수레바퀴 같은 것
봄은 억척스럽게 견디어 낸 자만이
누릴 수 있는 특권이다.
갈증이 고갈될 때쯤
주춤거리며 다가온 설렘
창밖에 재잘거리는 소리가 아침을 깨운다.

팔자일까

비가 내리지 않으면
냇물도 흐르지 않을 테고
냇물이 흐르지 않으면
고기도 살지 못할 테고
고기가 살지 않으면
물총새도 오지 않을 테고……

아빠가 엄마를 만나지 못했으면
누이동생도 없었을 테고
누이동생이 없었으면
조카도 없었을 테고
조카가 없었으면
삼촌이란 말도 듣지 못했을 테고……

이것은 우연일까, 팔자일까.

그냥

그냥이란 말에는 조건이 없다.

그냥

니가 좋아!

그냥

보고 싶어.

그냥이란 말은 한계가 없다.

왜?

그냥!

뭐?

그냥!

무한한 의미를 담은 말

그냥, 네게 갈게.

그냥, 주고 싶어.

서로의 마음속에서 의미가 되는 말

민들레 홀씨

저를
흔들지 마세요.
제 앞에서는
바람도 숨죽여 분답니다.

아무 데서나 자란다고
미워하지는 마세요.
때가 되면
조용히 떠난답니다.

그때까지
기다려 주시겠어요.
당신 앞에서
좀 더 비우는 법을 배우겠어요.

먼지처럼 날릴 때까지

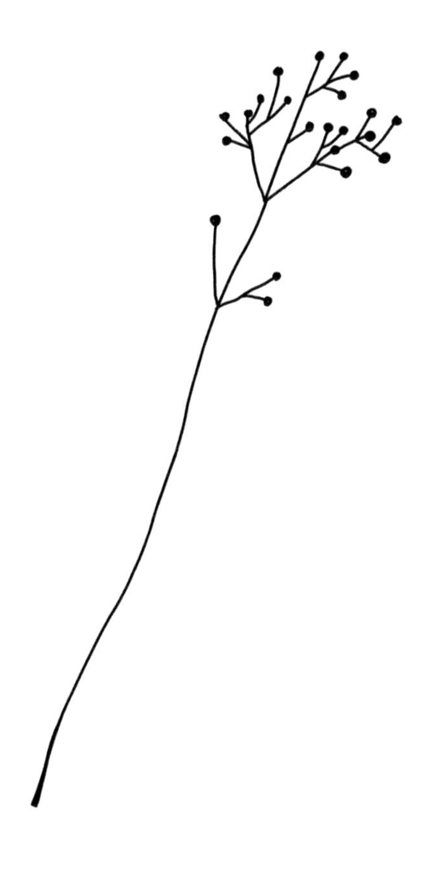

조팝나무는

저 혼자

꽃 피우지 않는다

결국은

조팝나무

어느 봄날 아침에

기도

대승폭포

명주잠자리

자작나무

바람개비

능소화

봄비

결국은

아침마다 눈을 뜨며 바라보던 것이
밤마다 잠들기 전에 두 손 모으던 것이
같은 것이었는지도 모른다.

들길을 걸으며 찾던 것이
석양이 내리는 부두에서 기다리던 것이
같은 것이 아니었을까.

새해 첫날 해돋이를 보며,
섣달그믐에 해넘이를 보며 염원하던 그것이
결국 같은 절절함이 아닐까.

슬플 때나, 힘들 때 의지하던 것이
기쁠 때나, 좋을 때 감사해 하던 것이
바로 그것이 아니었을까.

결국
우리는 같은 것을 찾고 있었는지도 모른다.
우리는 같은 곳을 바라보고 있었는지도 모른다.

조팝나무

조팝나무는 저 혼자 꽃 피우지 않는다.
먼저 피어난 꽃송이들 다른 꽃봉오리에 손 얹고
그 온기로 함께 꽃 피운다.
함께 꽃 피워 작은 꽃송이로 큰 향기를 만든다.
벚나무도 수천수만 송이 함께 꽃 피워
수많은 사람 불러 모으는 힘을 만든다.
자작나무도 다 함께 모여 손 흔들기에,
하늘 향해 환호하기에
사람들도 손잡고 자작나무 숲으로 모이는 것이다.
그런 거다.
같이 하기에 떨림이 있는 것이다.
함께 하기에 아픔도 견딜만한 것이다.
조팝꽃 향기에 어둠이 하얗게 밀려난다.

어느 봄날 아침에

눈이 부신 아침
오래된 다세대 주택 골목길에는
삶의 의미들이 이리저리 통통거리고 있다.
기하학적으로 금 간 벽에서는
비릿한 생활의 흔적이 눅눅하게 흐르고
민들레는 깨진 인도 틈에서 꽃을 피웠다.
사선으로 떨어지는 햇살이 굴렁쇠마냥 굴러간다.
굴러가던 햇살은 사람들 발에 채여
블록 계단에 부딪혀 흩어진다.
푸른 하늘은 헝클어진 전신주에 걸려
쏟아질 듯 위태롭다.
덕지덕지 구인광고가 사람들을 찾고 있다.
덧칠된 꿈을 덮듯 담쟁이는
다세대 주택 벽을 타고 오르고
4층 옥상에는 밤새 가족들이 나눈
희망의 언어가 비늘처럼 덮여 있다.

기도

우리 아이들이 세상의 문턱을
홀로 문을 열고 나갈 수 있기를
홀로 넘을 수 있기를
홀로 떠날 수 있기를

높은 파도에 굴하지 않고
노 저을 수 있기를
이웃에 먼저 손 내밀기를
그리하여 함께 나갈 수 있기를

험한 산 앞에서 망설임 없이
오를 수 있기를
두려움보다 먼저 용기 갖고
손잡고 함께 도전할 수 있기를

어깨동무를 하며, 어깨동무를 하며
더불어 눈물 흘리고
함께 웃기를, 서로 바라보며
모진 풍파에도 흔들리지 않기를

대승폭포♦

구름이 머무는 곳이라 했다.
보일 듯 보일 듯 보이지 않는

가끔은 구름이 가리고
가끔은 안개가 가리고

땀이 정제되어 부슬비처럼 내려앉을 때
부끄러운 듯 고개를 드는

하늘 끝에서 시작한 물줄기가
다시 운무가 되어 내리는

가끔은 우레 비로 내리다가
가끔은 이슬비로 내리다가

♦ 강원도 인제군 북면 한계리에 있는 폭포. 높이 88㎙. 금강산의 구룡폭포, 개성의 박연폭포와 함께 우리나라 3대 폭포로 손꼽히는 폭포이다.

무지개도 띄워놓고
시원한 바람도 불러 놓고

준비가 되었다고 느낄 때, 홀연히
두레박에 은하수 길어 쏟아 놓는다.

명주잠자리

명주잠자리는 알고 있을까
비단결 같은 보드라운 날개가
개미의 영혼으로 빚었다는 것을
명주잠자리는 알고 있을까
얼음처럼 투명한 날개가
개미지옥에서 정제되었다는 것을
전생에 개미귀신이었다는 것을
개미귀신도 아름다운 꿈꾸며 살았다는 것을
우화羽化하는 순간 과거는 잊어버리고
날아오르는 것은 아닐까.
우리도 명주잠자리처럼
날아오르는 것은 아닐까.
개미귀신처럼
아름다운 꿈꾸고 있었던 것을

명주잠자리 한 마리
우아하게 날아오르고 있었다.

자작나무

시간을 거슬러 오르다 멈춘 것일까.
사춘기의 흰 속살같이
하얀 부끄러움을 감추었나 보다.
잎은 소녀의 치맛자락마냥 나풀거렸다.

편지지 대신 연정을 전해 주던 그 하얀 마음을.
옆집 소년은 알지 못했다.
새하얀 아침까지
자작나무의 속삭임을 듣고 있을 뿐.

추위가 절정에 서면
영하의 혹한도 그 얇은 껍질로 견디어 낸다.
자작나무의 그 속내를
뒷집 소녀는 알지 못했다.
북소리처럼 들리던 맥박 소리만 들릴 뿐.

봄이 되어서야 하얗게 밤을 지새우는 이유를
가슴 저미도록 인내하는 이유를
온종일 푸른 잎으로 흔들고 있었다.

바람개비

바람개비는 돌아간다.
잘도 돌아간다.
나 없어도
당신 없어도
저 혼자 잘도 돌아간다.
바람만 있으면

강물은 흘러간다.
잘도 흘러간다.
나 없어도
당신 없어도
멈추지 않고 잘도 흘러간다.
별빛만 있으면

자기는 되고,

남은 안 된다 하지만

세상은 잘도 굴러간다.

당신 아니어도 잘도 굴러간다.

양심만 있으면

나 없이도…….

능소화

무더운 여름을 찾아
붉게 피는 데는 이유가 있을 게다.
담장을 타고 올라 고개를 내밀다가
담장을 넘어 한쪽을 바라보다가
뜨거운 꽃망울 붉게 터뜨리는 데는
한세상 가슴앓이한 사연이 있을 게다.
무더위에 물러지면
꽃잎마저 떨어지거늘
뜨거움의 정점에서 꽃피우고
열매 맺는 데는
기다림에 지쳐 꽃잎 떨구어도
붉은 울음 멈추지 않는 데는
이승에서 맺을 수 없는 아픔이 있을 게다.
높은 곳 타고 올라 먼 곳 바라보는 데는
남겨두고 온 그리움 때문만은 아닐 게다.
처연히 고개 들어 비에 젖어도
붉은 빛바래지 않는 것은
두고두고 기다리는 간절함 때문만은 아닐 게다.

봄비

생강나무 꽃이 벌써 피더니
이내 계곡에 얼음이 녹았다.
봄이다.
이곳저곳에서 봄이 툭툭 터진다.
이때쯤이면 얼음장 밑에 생명들 목마를까
봄비가 내린다.
비가 내리면 언제부턴가 마음속에서는
그리움이 젖는다.
생강나무 꽃도
우리의 사랑도 함께 비에 젖고 있다.
비가 그치면 우리의 사랑도 언덕 위에 새잎처럼
푸르러질까.
굴광성처럼 당신을 향하던 마음도
세월에 빛바래더니
봄비에 어딘가 숨어 있던 그리움이 몰려와
봄을 흔들고 있다.
봄 탓이다.
녹기 시작한 마음의 한편을
캐내면 샘물 같은 그리움이 샘솟을까.

말하지 않아도

가슴에는 별이 뜬다

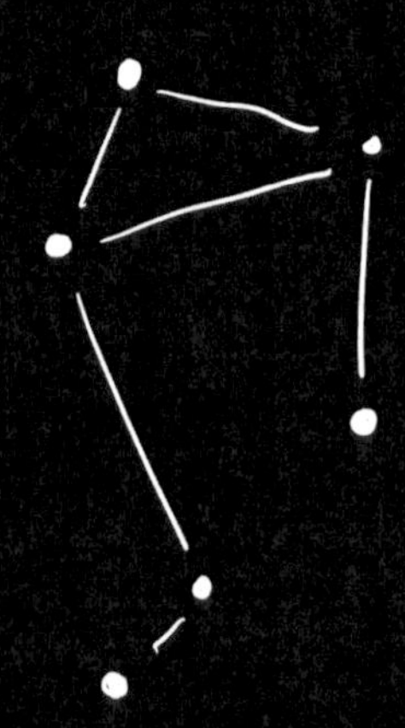

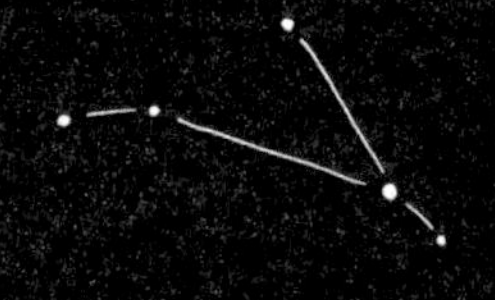

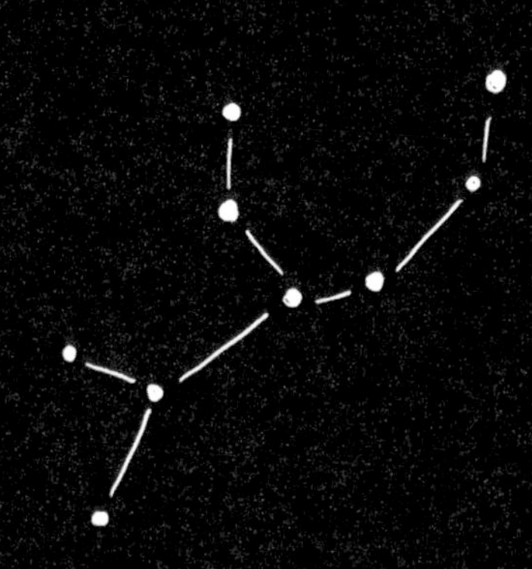

수국

대화

자화상

인생

듣는다

그런 거야

눈을 감으면

흑백사진 2

그런 줄 알았다

처서處暑

얼마나 될까

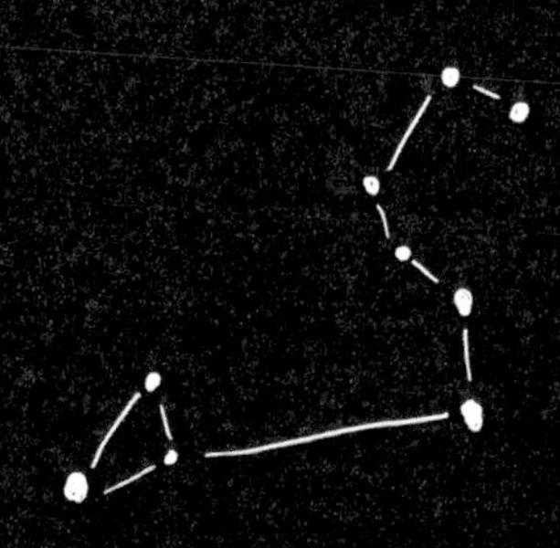

수국

어디선가
빼꾸기가 웁니다.
탁란의 신호입니다.
붉은머리오목눈이는
이미 알고 있습니다.
숙명처럼
어디선가
흐느끼는 소리 들립니다.
아마도 빼꾸기일 겁니다.
달이 이지러졌습니다.
말없이 수국이 피었습니다.
갑자기 가래톳 돋는 이유를
알고 있다는 듯이.

대화

대답 없음도
하나의 대답이다.

말하지 않아도
가슴에는 별이 뜬다.

눈빛만으로도 심장에
종소리 울린다.

침묵도 하나의
대화이다.

자화상

시가 뭔지도 모르는 시인이다.
농사꾼의 자식이라 한다.
지게질로 어깨가 짝짝이가 되었다 한다.
키는 크지도 못했다고 한다.

시를 모르는 그가 시를 쓴다.
그는 시가 뭔지도 몰라
바람의 말을 적는다 한다.
구름의 말을 적는다 한다.

시를 모르는 그는
곤줄박이의 말을 듣다가
자작나무의 흔들림을 보다가
붉은 저녁노을의 울림을 받아 적는다 한다.

그는
물소리를 적는다 한다.
꽃의 아픔을 어루만진다 한다.
시를 모르는 시인은

인생

길지 않기에
더욱 소중한 것이 아닐까.
천년만년 주어진다면
모를 일이지만
백 년도 안 되기에
아끼고 가꾸며 사는 것이 아닐까.
그냥 버려두기에는
그냥 낭비하기에는
너무나 아깝지 않은가.
너무나 소중하지 않은가.
살아가는 만큼 소멸하지 않는가.
돌아갈 수 없기에
무슨 꽃인들
심고 가꾸어 가야 하지 않을까.

듣는다

바람에게 듣는다.
자귀나무 꽃처럼 나부끼는 법을

냇물에게 듣는다.
작은 모래알처럼 낮은 곳으로 흐르는 법을

구름에게 듣는다.
푸른 하늘에 그리는 자유로운 마음을

우리는 누군가에게
무언가를 듣는다.

나름의 향기를
나름의 별빛을

그런 거야

그런 거야.
존재하는 모든 것은
저마다의 할 일이 있는 거야.
썩은 나무는 썩은 나무대로
푸른 나무는 푸른 나무대로
저마다의 역할이 있는 거야.
반딧불이 나는 것도
쇠똥구리 구르는 것도
저마다의 모습으로
자기 역할 해 내기 때문인 거야.
푸른 곰팡이는 푸른 곰팡이 대로
하얀 곰팡이는 하얀 곰팡이 대로
저만의 역할이 있는 거야.
그런 거야.
의미 없이 존재하는 것은 없는 거야.
생인손 앓듯 저려 오는 두통
숱한 무의미는
우리 마음이 만들어 낸 거야.

눈을 감으면

기억의 저편에서
건져 올리는 추억들
소녀의 눈망울도
소년의 기다림도
청솔가지처럼 푸르던 청춘도
잠 못들 게 하던 열정도,
사랑도
눈을 감으면 또렷이 보이는 것은
더 또렷해지는 것은
눈으로는 볼 수 없는
손으로는 만질 수 없는
마음속에 있기 때문인 것을

흑백사진 2

30여 년 전 어느 겨울
양지바른 흙 바람벽, 바람이 불지 않는 구석빼기에
옹기종기 모여 앉은 아이들,
한 줌 햇살이 따뜻하다.
콧물 자국 든 아이들의 웃음소리가
교정을 굴러간다.
흔들리는 것은 작은 바람에도 무너져 내리는 법,
아이들은 무너지지 않는 시린 소망을
잡고 두 손을 호호 불었다.
벙어리장갑조차 사치였던 시절
누구랄 것도 없이 사타구니에 손을 넣었다.
수런거리던 겨울바람이
아이들의 바짓가랑이를 스쳐간다.
아이들 눈망울은 초롱초롱 빛난다.
그때의 남루한 흑백사진 한 장이
행복에 겨운 추억이 되는 것은,
입가에 촉촉한 미소가 되는 것은
아픔도 시린 추억으로 떠오르기 때문이 아닐까.

그런 줄 알았다

원고지 위에 아름답게 단어를 나열하면
시가 되는 줄 알았다.

캔버스 위에 예쁘게 물감을 칠하면
그림이 되는 줄 알았다.

문장 문장이 모여 가슴을 울려야
아리게 울려야 시가 되는 거였다.

색깔이 모여 눈두덩이 붉도록 찡해야
가슴 한구석에 생채기 낼 수 있어야
그림이 되는 거였다.

영혼까지 그려 내야
생명까지 담아내야
예술이 되는 거였다.

그래야,
시라 말할 수 있는 거였다.
그림이라 말할 수 있는 거였다.

처서處暑

들풀 향기 사이로
풀벌레 소리 높아지면
기승을 부리던 태양도 슬쩍 비켜선다.

하얀 구름 사이로
하늘색 짙어지면
지분거리던 먹장구름도 슬쩍 물러선다.

아침저녁 창 두드리는
귀뚜라미 서늘한 숨결에,
밀려난 자리마다 슬그머니 가을이 들어앉았다.

그랬더라면,
잊히기 전에, 떠밀리어 가기 전에
슬며시 머문 자리 비워주면 좋을 것을.

얼마나 될까

당신에 대한
나의 사랑의 무게는
얼마나 될까.

나에 대한
당신의 사랑 위치는
어디쯤이나 될까.

우리가 그리워하고
애태운 사랑의 깊이는
얼마나 될까

눈 감아도
이렇게 가슴 아린데
가슴이 아린데

거기에 눈물 한 방울
두고 왔네

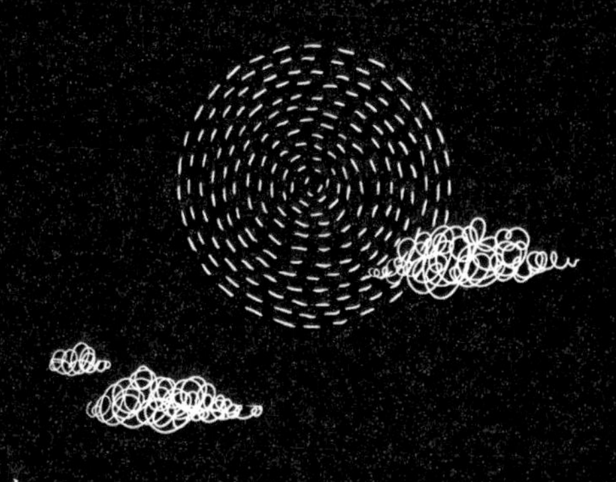

산정호수

거기에

벤치

중년의 가을

기다림

괜찮니

당신 생각 2

노트르담 성당이 불타던 날에

가슴앓이

폐차장 가는 길에

민철이의 편지

월송정에서

발병發病

산정호수

누가 이런 생각을 했을까.

산꼭대기에

정화수 한 사발 떠 놓고 기도할 생각을

도란도란 이어지는 물길

하늘 아래 내어놓고

다녀가는 발길마다 토닥이던 마음을

두 손 잡고 거닐며 나누던

사랑의 속삭임을

푸른 물로 그렇게 스며들게 할 줄

누가 이런 상상을 했을까.

밤마다

떨어지는 별빛을 호수에 담아 둘 생각을

거기에

거기에
나의 마음을 두고 왔네.
홀아비바람꽃 옆에
홀로 핀 외로움 옆에
홀로 두기에 가녀린 몸짓 옆에
그냥 지나칠 수 없어
거기에 눈물 한 방울 두고 왔네.
홀로 선 꽃대의 떨림 때문에
망설이다가
안으로 안으로만 삼키던
한 송이 한 송이의 흐느낌 때문에
차마
홀로 두고 일어설 수 없어
마음 한구석에 담아 왔네.
눈 감아도 피어나는 홀아비바람꽃을

벤치

누군가 앉았을
그래서 온기 조금 남아있을 벤치 한쪽에
오늘은 철 이른 낙엽이 흩날린다.
한때는 푸른 꿈으로
태풍에도 맞섰을 것이다.
혼자라면 어려웠을
그래서 손잡고 함께 환호도 했을 것이다.
바람이 불고
낙엽은 보이지 않는다.
삶은 홀연히 떠나는 것인가 보다.
문득 잊히는 것인가 보다.
언젠가 벤치 위에
새도 몇 마리 쉬다 갈 것이다.

벤치는 시린 가슴으로
누군가의 온기를 기억도 할 것이다.
유난스레 가슴에 바람이 불면
떠나는 사람에게
온기를 나눠주고도 싶을 것이다.
초승달 빛에 젖은 벤치를 두고
시내버스는 무심하게 외로움을 싣고 떠난다.
삶은 언제나 혼자인가 보다.
외롭게 남겨지는 것인가 보다.

중년의 가을

그리도 매달리고 싶었던 사람도
그리도 떠나고 싶었던 야망도
낙엽 떨구는 중년의 가을이 되면
고요한 강물이 되어 흐른다.
그때처럼 절실하지는 않지만

둘러보면
녹슨 간절함이 여기저기 흩어져 있다.
사람들은 우체통처럼 붉은 그리움으로 섰고
중후한 회색빛 가을이 비에 젖고 있다.
그 위로 일상의 소소한 수레바퀴 굴러간다.
텃새만이 깃에 빗물을 털고 있다.

그리도 간절했던 만남도
그리도 애절했던 그리움도
찬 이슬 내리는 가을이 되면
세월 속에서 기다림이 되었다.
그때처럼 새벽을 지새우지는 않지만

둘러보면
허허한 마음이 전봇대처럼 어정거리고 있다.
장승만이 기다림으로 동구 밖을 지키고 서 있다.
그 뒤로 길게 늘어지는 그림자가 슬피 웃고 있다.
여기저기 빛바랜 일상에 스산함이 묻어 있다.
가로등만이 누군가가 그리워 불을 끄지
못하고 서 있다.

기다림

박희경 님이
커버 사진을 업데이트했습니다.
이선희 님 외에
8명이 사진에 공감했습니다.
김영미 님과 노재숙 님이
회원님의 댓글을 좋아합니다.
정임숙 님이
댓글에서 회원님을 언급했습니다.
백아 님이 친구 요청을 보냈습니다.
두화 님이 친구 요청을 수락했습니다.

당신은 지금
무슨 생각을 하고 계신가요.

괜찮니

괜찮니?
잠은 잘 잤니?

괜찮니?
힘들면 내게 기대!
괜찮니?
울적해 보이는데,

괜찮아!
네 잘못이 아니란다.

괜찮아!
늦으면 좀 어때.

괜찮아!
다, 잘 될 거야.

좀 쉬었다 가자.

당신 생각 2

구름 속으로
보름달이 떴다.

내가 당신을
생각하는 만큼

깊은 밤이
되기를

노트르담 성당이 불타던 날에

-2019년 4월 15일에

아무도 말을 꺼내지 못했다.

소름이 돋았다.

설마 하던 가슴속으로

첨탑이 무너져 내렸다.

경추에 통증이 왔다.

동양 사람이든,

서양 사람이든

같은 느낌이었으리라.

불은 천 년을 지켜온

세월을 태웠지만

애타는 안타까움은

세계인의 가슴을 태웠다.

가슴앓이

스치기만 해도 눈물겨운
청춘, 흔들리던 새벽 가로등
가끔은 무너지기도 하고
가끔은 아파하기도 하며
또 가끔은 고독하기도 했을 무수한 밤들
그때는 아무리 쫓아내도
자취방으로 밀려들던 고독감
숱한 시간으로도 잊히지 않았다.

낯선 동경을 향해 손 흔들던
서러운 기차역, 빗물에 젖으며
가끔은 떠나기도 하고
가끔은 돌아오기도 하며
또한 가끔은 취하기도 했을 무수한 날들
숱한 혼돈과 방황 속에서도
추적추적 달라붙던 그리움, 그리움들
독한 술로도 덜어낼 수 없었다.

가슴 저미는 고뇌,

그 가슴앓이로 성장하는 청춘

폐차장 가는 길에

하늘이 빙글빙글 돈다.

빛의 산란 때문일까 눈이 시리다.

도로 곳곳에 금이 갔다.

굴곡이 심하다.

갑자기 멀미가 난다.

15년의 동고동락을 떼어내기가 그리 쉬운가.

유리 파편이 튕겨 내는 빛이 강렬하다.

눈이 부시다.

기계음이 저음으로 깔리고 있다.

간간히 망치 소리가 사납다.

마지막까지 견디려 했음일까.

도축장에서는 소도 운다고 한다.

자동차도 폐차되기 전 눈물 한 방울 흘렸을까.

괜히 오줌이 마렵다.

장기를 내어 주듯 몇몇 부품은 재활용품으로 쌓였다.

폐차확인서를 들고 내려서는 계단이 유난히 깊다.

정을 떼는 것이 그리 쉬운가.

민철이의 편지

삐뚤빼뚤 글씨였다

민철이는 만날 때마다 인사를 한다.
'감사합니다.'
두 입술을 붙이지 않고.
나도 따라 해 본다.
'간사하니다.'
아무리 해도 '감사합니다'가 되지 않는다.

스승의 날 나는 비로소 깨닫는다.
어리석게도 나를 가르쳐 주는 것은 다름 아닌
세속에 물들지 않은 순수라는 것을

월송정에서

월송정을 둘러선 소나무가 잠시 흔들리다 멈춘다.
무슨 말을 하려던 것일까.
가끔씩 푸른 해풍을 돌려세웠다.
소나무들끼리 송홧가루 날리며 주고받던 이야기는
그들이 보았을 그 옛날의 풍류객에 대한
비밀이 아니었을까.
두툼한 소나무 껍질에 손 얹으면
그때, 그 솔들이 보았을 그것을
느끼지 못하는 것이 안타까울 뿐.

월송정 앞바다의 파도 소리가
가끔씩 다른 소리로 들린다.
밀려가고 밀려오며 다듬던 작은 조약돌이
주고받던 대화는
아마도 그때 들었을 시인 묵객의 풍월이 아니었을까.
파도에 부서지는 고운 모래를 밟으며
그때, 그 파도가 들었을
선인들의 연정을 느낄 수 없음이 아쉬울 뿐.

월송정에 뜬 달이

하염없이 내려다보고 있었다.

발병發病

또 도졌나 보다.
오줌 마려운 강아지처럼 동동거린다.
마음이 활처럼 휘었다.
엄지발가락에 힘을 주어 참으려 해도
햇볕 쬐러 나서는 살모사마냥
스멀스멀 일어선다.

시간의 올을 재어 놓고 틈만 나면 도지는 병
가만있으면 마음은 동티가 나고
몸은 벌써부터 안절부절못한다.
마음은 벌써 산속이다.
꽃잎을 타고 오르는 기분
접신한 듯 꿈꾸는 산행

흐르는 물은

사슴의 입술에

머물지 않는다

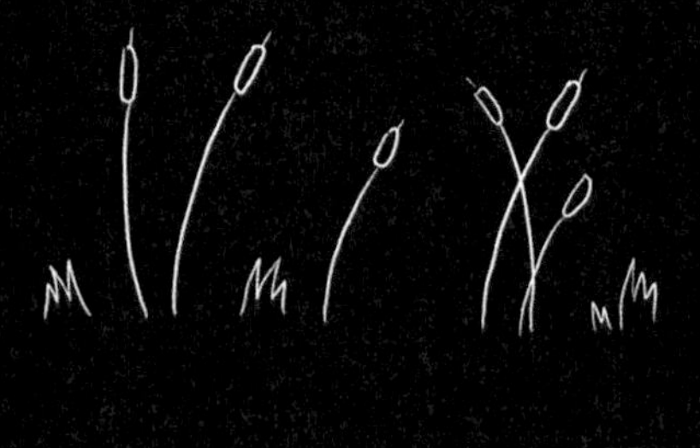

자리

물길

독도

이주열

추암 촛대바위

이젠 좀

머피의 법칙

경작 금지

동창회

모정

어느 날의 뉴스

신호등

기차 칸, 전철 칸

자리

자리마다 할 일이 다르더라.

위치마다 할 말도 다르더라.

보이는 것도 다르더라.

그걸 모르더라.

그놈이 그놈이더라.

늘 같은 모습이더라.

그 나물에 그 밥이더라.

사람마다 그릇이 다르더라.

생각이 다르더라.

눈물도 다르더라.

다른 것조차도 다르더라.

물길

흐르는 강물을 가둘 수 있겠는가.
가두어 둔다고 머물러 있겠는가.
머무른다고 고요하게 있겠는가.
흐르는 강물은
흐르는 대로 놓아두자.
물길 바꾼다고 그대로 흐르던가.
바꿀 수 있겠지만
큰 흐름을 막을 수 있던가.
막는다고 그대로 막히던가.
물길은 가장 위대한 흐름이다.
억지로 흐르게 하지 말자.
억지가 통하게 하지 말자.
물길 흐르는 대로 흐르게 하자.
흐르는 물은 사슴의 입술에 머물지 않는다.

독도

동해의 정점
독도가 보이기 시작할 때,
사람들은 가슴속에서 애국심을 꺼내 흔들었다.
콧등 찡한 이유를
목울대 먹먹해지는 이유를
검푸른 바다보다 깊게 느낄 수 있었다.

사람들은 동해에
억눌렸던 감정을 풀어 놓았다.
동해가 더 푸르게 물드는 이유를
깊으면 깊을수록 검푸르러지는 이유를
기어이 그들은 알지 못하리라.

우리들 마음을 하나로 모아 놓고
하얀 그리움에 파도는 부서진다.
부서지며 부서지며 들려주었다.
그들의 야욕에 대하여
말은 하지 않아도 가슴 벅찬 바위섬

오랜 세월 풍파에 온몸 깎이며

네 혼자 푸른 동해를 지키고 있었구나.

이제는 갈매기의 땅으로 남아 있게 하지 말자.

그곳을, 이제는 괭이갈매기만 놀게 하지 말자.

이주열

부끄러움이 부끄러울 때가 있다.
물끄러미 바라본 것이
눈물겹도록 부끄러운 때도 있다.

-눈이 아파요
어머니를 볼 수 없어요.

차마 고개를 들 수 없었다.
젊음이 남긴 그 뜻을,
부르짖음을 깊은 심연에서
어찌 건져 올려야 하는지.

부끄러움도 부끄러운 일인데
진실을 감추는 것을 어찌해야 할 거나.
부끄러움을 모르는 그 부끄러움을.

추암 촛대바위

굽히지 않는다.
흔들리지도 않는다.
수많은 거짓과 낭설에도
꿋꿋하게 견디어 낸다.
온갖 풍랑에 부딪히면서도
결국은 무너뜨린다.
촛대바위 앞에서는
커다란 파도마저 부서진다.
큰 폭풍우에는 큰 각오로
작은 풍랑에는 작은 부드러움으로
태풍에 맞선다.
번개조차 두려워하지 않는다.
조약돌 깎아내는 물결에
바위를 흔드는 쇄파에
물보라 하얗게 부서지며 물러나는
파도의 의미를
곧추서서 보여주고 있었다.

이젠 좀

웬만해서는 놀라지도 않는다.
오늘은 사중 추돌이다.
불신의 유리 조각들이 냉각수에 엉켜 있다.
앰뷸런스에 실려 가면서도
재수 없는 날이라고 침을 뱉었다.
강원도 길은 굴곡이 심하고
미끄러우니 서행하시고
급브레이크를 밟으면 위험합니다.
10분의 휴식이 생명을 지킵니다.
친절을 믿지 않는 세상
오늘도 불신의 시간만 흐르고 있다.
시커먼 차창 유리 속에 가려진 양심이
과속을 하고 있다.

머피의 법칙

참 이상도 하지.
세차만 하면 비가 온다.
정말 이상도 하지.
주유할 때가 되면
지나쳐 간 주유소 기름값이 싼 이유가…….
주유를 하고 나면
기름값이 싼 주유소가 나타나는 것이
참 이상도 하지.
정가로 옷을 사면
다음 날 세일 시작하는 건 또 뭐지.
정말 이상도 하지.
그런데
이런 일도 있었다는 걸
우린 왜 못 느끼지
내가 도착하면 녹색 불로 바뀌는 신호등
내가 물을 주면 살아나는 화분,
신기하지
정말 이상도 하지

경작 금지

천마산 역 2번 출구로 나가면
경작 금지 문구가 눈에 띈다.
새벽마다 등 굽은 할아버지가 자갈돌을 골라내며
만들어 놓은 밭뙈기에 고추도 몇 포기,
상추도 몇 포기 자라고 있었다.
비 내리는 아침
경작 금지 표지판이 내 걸렸다.
개발 구역이란다.
슬그머니 뽑아 버렸더니
다음 날은
붉은 글씨로 더 크게
'경작 금지'
'사유재산 불법점유죄로 신고됩니다.'
'철거해 주시기 바랍니다.'
철거된 삶에
경작되지 못한 꿈이
먼 산을 바라보고 있었다.

동창회

지워도 필요 없는 자리
돈도, 명예도 필요 없는 만남

세월은 흘러도 추억은 남아
시간을 거꾸로 돌리고 있었다.

동창 모임에서는 학창 시절에
함께 한 시간이 흐르고 있었다.

젊은 날 짝사랑의 비밀도
웃음꽃으로 피어나는 시간

시간이 흐를수록 추억을
기억의 심연에서 건져 올리고 있었다.

동창회에서 돌아온 날
몸속에는 청춘의 피가 역류하고 있었다.

모정

_박정열 여사 추모비 앞에서✦

숭고한 꽃은
한 길 눈 속에서 피어나는가 보다

어머니라는 이름의 꽃은
붉은 손발로 살아서는 피울 수 없나 보다

어미가 죽어서 딸을 살릴 수 있다면
이 한 몸 무엇이 아까우랴

살신 모정만이 피울 수 있는 꽃
한 길 눈 속에서 피어나는 꽃

어머니라는 이름의 꽃은
식어가는 심장에서 얼음꽃으로 피어나는가 보다

푸른 하늘에 낙엽 몇 점 날리고 있다.

✦ 故 박정렬 여사 추모공원은 강원도 홍천군 내면 자운리에 있음.

어느 날의 뉴스

_무관심에 대하여

휴대전화 사용으로 벌들이 길을 잃는다고 한다.
전자파 교란으로 벌들이 사라진다고 한다.
이유가 뭐든지 간에 벌들이 사라진다는 뉴스에도
아무도 놀라지 않는다. 아무도 걱정하지 않는다.
벌이 소멸하면 무슨 일이 생기든지 간에. 찬란한
불빛 뒤에 깃든 어둠 고독한 주검이 발견되어도,
삶의 무게에 떠밀려 가족 동반 자살을 해도 며칠이면
잊혀진다. 도시의 빛은 더욱 밝아지고 사람들은
분주하게 사랑을 찾아 나선다. 빙하가 녹는대도,
아열대가 북상한대도 하늘에 구멍이 난대도
귀기울이지 않는다. 오가는 전파 속에서 잡아낸
어휘만 웅웅거린다. 사람들에게 전할 길이 없다.

신호등

걷다 보니
비보호 좌회전도 있더라.
적신호도 들어오더라.
직진 신호에도
옆을 돌아봐야 할 때도 있더라.

가기 싫어도
가야 할 때가 있더라.
가고 싶어도
돌아서야 할 때도 있더라.

시간이 없어도
기다려야 할 때도
시간이 많아도
서둘러야 할 때도 있더라.

살다 보니
인생에도 신호등이 있더라.
붉은 신호등도
푸른 신호등도 들어오더라.

기차 칸, 전철 칸

한때 기차 칸에는 낭만이 있었다.
사람 냄새 풍기는
가끔은 흔들리던 방황과
고뇌를 찾아 나서는 청춘과
보따리에 담은 사연이 웃음이 되던 정겨움,
통기타로 하나로 낭만이 되던 때도 있었다.
완행열차에는 사람 사이에 따뜻함이 있었다.

요즈음 전철 칸에는 고요한 정적만 감돈다.
누에고치마냥 자기만의 공간 속에 자신을 가두고
혼자 나누는 대화
전철은 고독만 싣고 달린다.
사람들은 넘쳐나지만
전철에는 쓸쓸한 바람만이 분다.
모두가 손에 손에 외로움만 들고 있다.

발문

존재의 의미와 '쯤'이 만들어내는 경계의 미학

_ 강원대학교 국어교육과 교수 **김풍기**

❶ 사물의 존재학과 시학의 출발

세상을 둘러보면 우리를 둘러싸고 있는 수많은 것들이 보인다. 저 작은 것들이 나와 함께 세상을 구성하고 있다. 지금 앉은 곳에서 주변을 돌아보면 미처 인식하지 못했던 작은 것들이 나를 둘러싸고 있다. 신기하게도 그들은 드넓은 세상에 모두 자신만의 크기와 쓰임새로 세상에 존재하고 있다. 연필과 종이는 그들의 크기와 쓰임새로, 컵과 칫솔과 책과 전화기는 모두 그 나름의 방식으로 존재한다. 평소에는 눈에 들어오지 않던 것들이 시선을 조금만 돌리면 놀라울 정도로 아름답게 혹은 적재적소에 존재하고 있음을 알아차린다. 사물의 존재학이야말로 우리의 시선과 행동이 가지는 관행을 과감하게 벗어날 것을 요구한다. 문명의 축적이 무한대로 다양한 사물에 대한 인간의 대응을 분류하고 매뉴얼화하는 것에 토대를 두고 있다는 점은 분명하다. 그것이 인간의 현재를 만들어 온 힘 중의 하나이기 때문이다. 자연의 움직임을 예측함으로써 인간의 생존율은 높아졌고, 그러한 경험을 세대와 세대를 넘어서 계승함으로써 문명이 축적되었다. 그렇지만 문명의 계승이 만들어낸 관행과 다양한 예측은 인간의 자유로운 생각과 행동에 제약을 만들어냈다. 노자(老子)의 비판처럼, 인간의 예절과 제도는 바로 인간의 순수한 본성이 사라지면서 나타났다는 논점이 바로 그것이다. 사회적 조화와 평화를 위해 예절과 제도가 필요하다는 점 역시 우리가 당면한 하나의 사실이지만, 동시에 그것이 인간의 자유로움을 얽매는 지점이 있다는 점 역시 지금으로써는 수긍할 수밖에 없는 사실이다.

바로 여기가 시인의 힘이 작동하는 지점이다. 모든 예술은 '낯설게 하기'의 범주에서 벗어날 수 없는 숙명을 가지고 있지만, 특히 시인이야말로 그러한 범주의 본령에서 평생을 살아가야 한다.

늘 관습적으로 마주하는 사물에서 새로운 것을 발견하고, 스쳐 지나는 것들에서 전혀 다른 면모를 드러내는 것, 이것이 바로 시인의 중요한 임무 중의 하나다. 때로는 시인의 태도와 진술이 사람들의 오해를 낳기도 하고, 나아가 그의 삶을 위협하기도 하지만, 그럼에도 불구하고 시인은 늘 새로운 표현을 찾아 세상을 떠도는 것이다.

최상만 시인의 시는 주로 우리의 일상 속에서 무심히 대하는 사물들, 관습적으로 반응하는 사람들의 마음을 소재로 한다. 세월의 흐름을 대비적으로 보여주거나(「기차 칸, 전철 칸」, 「흐름」, 「세월」 등), 힘든 세상 속에서도 희망을 노래하고자 하는 마음을 표현하는 작품(「서설」, 「어느 봄날 아침에」, 「기도」 등)은 관습적이어서 희망이 사라진 세계에서 희망을 노래하는 모습을 보여준다. 사람 마음을 통해서 다른 모습의 일상을 표현하는 시인의 자세로 보이는데, 이는 바로 시인이 정해진 틀 속에서 반응하고 관찰하는 우리의 삶을 다른 방식으로 바라보거나 다른 의미를 부여하는 것과 상통한다.

새로운 관찰과 실천들이 다양하게 표현되는 이면에는 '자연'에 대한 시인의 관심이 자리한다. 「자화상」, 「월송정에서」와 같은 작품에서 볼 수 있듯이, 최상만 시인에게 시란 바람, 구름, 곤줄박이의 말을 전달하거나 자작, 나무의 흔들림, 붉은 저녁노을의 울림, 물소리, 꽃의 아픔 등을 언어로 전달하는 존재다. 이 때문에 그의 시는 늘 편안하면서도 쉽게 사람들의 마음으로 스민다. 이런 과정 속에서 일상적으로 스쳐지나가던 것들을 새로운 시선으로 바라보는 순간, 우리는 시적 고양을 경험한다.

❷ 작고 하찮은 것에 보내는 따뜻한 눈길

주변의 사물에 깊은 관심을 가져야 한다고 말을 하지만, 실천적 행위로 이어지는 것은 다른 차원의 문제다. 이성적 이해가 사회적 실천으로 이어지기 위해서는 많은 단계를 넘어서는 노력이 필요하다. 그런 점에서 보면 최상만 시인의 작품에서는 그 단계들이 어떤 방식으로 인식되는지를 흥미롭게 볼 수 있다.

작은 사물들이 우리에게 의미가 있는 것은 무엇 때문인가. 세상에 하찮다는 이유로 폄하되어야 할 것은 아무 것도 없다는 생각 때문이다.

그런 거야.
존재하는 모든 것은
저마다의 할 일이 있는 거야.
썩은 나무는 썩은 나무대로
푸른 나무는 푸른 나무대로
저마다의 역할이 있는 거야.
반딧불이 나는 것도
쇠똥구리 구르는 것도
저마다의 모습으로
자기 역할 해 내기 때문인 거야.
푸른 곰팡이는 푸른 곰팡이 대로
하얀 곰팡이는 하얀 곰팡이 대로
저만의 역할이 있는 거야.

그런 거야.
의미 없이 존재하는 것은 없는 거야.
생인손 앓듯 저려 오는 두통
숱한 무의미는
우리 마음이 만들어 낸 거야.
(「그런 거야」 전문)

시인은 모든 존재가 이 세상에서 자신만의 고유한 역할이 있으며, 역으로 그 때문에 존재하는 것이라고 선언한다. 앞서 언급한 '사물의 존재론'은 여기에서 출발한다. 푸른 나무가 의미를 가지고 세상에서 자신의 역할을 수행하듯이, 썩은 나무는 썩은 나무대로 자신의 역할을 가지고 있다는 것이다. 마찬가지로 반딧불이, 쇠똥구리, 푸르고 하얀 곰팡이도 우리 눈에 들어오지 않는 하찮은 것이지만 그들 역시 이 세상을 구성하는 중요한 존재다. 그들만의 역할로 세계를 구성하기 때문이다.

말하자면 그들이 존재하지 않는다면 세계의 모습은 지금과 달라지거나 심지어 존재하지 않는다는 진술로 이어질 수 있다.

그러한 존재들이 그저 가치가 없거나 아주 적은 존재가 아닐 수 있는 것은 그들의 역할 때문이라고 했다. 그렇다면 그 역할은 어떻게 생기는 것일까. 모든 사물은 만들어질 때부터 자기 고유의 역할을 가진다는 뜻일까. 그 의미 발생은 바로 '우리 마음' 덕분이다. 시인은 '숱한 무의미'를 만들어 내는 것이 우리 마음이라고 했지만, 반대로 존재를 존재하게 하는 의미 역시 우리 마음이 부여하는 것이다.

세계의 구성에 대한 거대 담론이 저 조그마한 곰팡이에게서 시작되고, 그 순간 마음의 작동 원리를 깨닫는 순간 시인은 '그런 거야' 하고 감탄하게 되는 것이다. 그러므로 우리는 세계의 모든 존재에 대해 따뜻한 마음으로 대해야 하며, 그러할 때 비로소 세상을 따뜻한 눈으로 바라볼 수 있다.

그림자에는 눈물이 없다.
그 어떤 아픔도 보듬어 안는다.
그림자에는 빛깔이 없다.
그 어떤 꽃도 그림자 앞에서
자신의 빛깔을 내세우지 않는다.
언제나 빛과 함께하지만,
그 어떤 어둠도 함께 어우러진다.
그늘은 그림자를 만들지 않는다.
그림자는 다른 그림자의 상처까지
온몸으로 감싸 안는다.
그림자끼리는 키 재기를 하지 않는다.
키 작은 나무는 키 작은 그림자를

키 큰 나무는 키 큰 그림자를 만들 뿐
잘남과 못남을 따지지 않는다.
그림자 속에서는 모두가 그림자가 된다.
그늘은 또다시 그늘을 만들지 않는다.
(「그늘」 전문)

그늘은 자신을 드러내지 않으며, 모든 것들을 품어서 감싼다고 했다. 아무리 아름다운 빛깔도, 다른 그림자의 상처까지도, 잘남과 못남을 따지지 않고 하나로 포용하는 힘을 가진 존재다. 그림자 덕분에 빛은 더욱 빛나고, 그림자 덕분에 다양하고 아름다운 색은 더욱 드러난다. 그렇지만 그림자의 미덕은 그들을 위해 자신의 존재를 뒤로 숨긴다는 점이다. 이 역시 우리의 눈길이 미처 닿지 않는 곳에 시인의 눈길을 주었던 탓에 발견하는 즐거움이다.

이는 시인의 또 다른 작품 「그림자」에서도 그대로 이어진다. 자신의 모든 것이 그림자의 알 수 없는 힘으로부터 시작된다고 하면서, 그림자를 생각하는 것만으로도 마음속에 꽃이 피어나고 바라만 보아도 환한 미소가 피어난다고 진술한다. 검은 그림자를 통해서 아름다운 꽃을 피워내고 검은 그림자에서 '환한' 미소를 만들어내는 힘은 바로 앞서 언급했던 시인의 마음일 것이다. 의미를 부여하는 순간 세상의 모든 존재는 의미를 가지게 되고 세계 안에서 자신의 역할을 완성한다.

별들도 누군가 보아 주길 바라면서 빛나는 거야.
앵두도 누군가 한입 가득 머금어 주길 바라면서
붉게 익었던 거야.
그랬던 거야.
(중략)
먹먹해지는 가슴으로
밤하늘 쳐다보자 별 하나 깜빡,
빛났다.
손닿기 전에 앵두 하나 툭,
붉게 떨어졌다.
(「그런 거야 2」 부분)

내 눈길이, 내 입이 닿아야 비로소 별이 빛나고 앵두는 익는다. 그것을 깨닫는 순간 시인은 '그랬던 거야' 하고 감탄한다. 이는 앞서 보았던 '그런 거야' 하는 감탄과 정확히 일치하는 것이다. 우리의 마음이 일상의 관성에서 벗어나 새로운 눈과 입으로 세계에 의미를 부여해야 한다는 적극적인 제안으로 보인다.

❸ 조화로움의 두 가지 방식

시인으로 대표되는 인간 개개인의 마음이 세계를 구성하기 위한 사물 존재의 의미를 부여하는 주체라면, 그것만으로 세계를 완성할 수 있는 것은 아니다. '고유(固有)'의 성격을 지닌다는 것은 매 사물들이 자신만의 특이성을 지닌다는 것이다. 일반적으로 특이성은 배타적 성질을 토대로 자신의 특징을 만들어간다. 다른 한편으로 보면 우리가 사물을 변별하고 그들이 서로 다른 사물이라는 점을 인식하는 근본적인 이유는 '서로 다름'에 있고, 그것은 당연히 배타성에서 출발한 특이성을 의미한다. 배타적 특이성을 발견하는 것이 바로 관습적인 시선과 생각에서 벗어나는 지름길인 것은 분명하다. 그렇지만 특이성, 즉 '고유'의 성질만을 주장하고 중시하면 세계는 자칫 혼돈의 상태가 된다. 하찮은 사물의 존재를 새로운 방식으로 해석하는 것은 시인의 독특한 시안(詩眼) 덕분이지만, 그것들이 하나의 세계를 만들어가는 이면에는 조화의 원리 같은 것이 작동해야 한다. 최상만 시인이 말하는 '조화'는 바로 그런 점에서 큰 의미를 가진다.

시인에 의하면 세계의 조화를 구성하는 방식은 두 가지가 있다. 우선 서로 다른 존재들이 모여서 다양성을 뽐내면서 어우러지는 조화의 원리가 있다. 「돌담」이나 「스테인드글라스」에서 보여주는 조화가 바로 그것이다. 그 외에도 그러한 방식을 가장 쉽고 극적으로 보여주는 작품으로 다음과 같은 것을 예로 들 수 있다.

조각난 천들이 모이면
무지개가 뜬다.
밥상 위에도, 베갯모에도
쓰고 남은 자투리에도
꽃이 핀다는 것을
이리 아름다울 수 있다는 것을
조각난 삶도
서로 손 잡으면 따뜻한 온기로
덮을 수 있다는 것을
상처 난 마음 보듬을 수 있다는 것을
한번 쯤 찢기지 않은 삶이 어디 있는가.
갈가리 찢긴 삶도
한 땀 한 땀 기워가다 보면
무지개처럼 아름다울 수 있다는 것을
(「조각보」 전문)

자신의 몸이 찢겨 조각이 되는 바람에 쓸모없고 하찮은 존재가 된 것들이 모여서 조각보가 되었다. '무지개'가 뜨는 조각보를 보면서 시인은 사소한 존재에서 가장 아름답고 빛나는 모습을 읽어낸다. 거기에는 물론 찢긴 조각들을 따뜻한 온기로 손 잡아주며 한 땀 한 땀 기워가는 인간의 정성과 마음이 들어가야 한다. 그렇게 만들어지는 조화로움이 배타성에 근거한 사물들의 어울림의 정점에서 발현되는 것이다. 서로 다른 모습들이 모여서 제3의 아름다운 세계를 구성하는 것이다. 「돌담」에서의 수많은 서로 다른 돌들이 그러하고, 「스테인드글라스」에서 서로 다른 유리 조각들이 그러하다. 자신의 특이성을 다른 존재와 특이성과 어울리도록 만드는 원리야말로 시인이 말하는 조화의 원리다. 시인이 표현하는 또 하나의 조화는 같은 존재들이 모여서 만들어가는 어울림을 노래한 것이다. 예컨대 다음 작품을 읽어보자.

> 조팝나무는 저 혼자 꽃 피우지 않는다.
> 먼저 피어난 꽃송이들 다른 꽃봉오리에 손 얹고
> 그 온기로 함께 꽃 피운다.
> 함께 꽃 피워 작은 꽃송이로 큰 향기를 만든다.
> 벚나무도 수천수만 송이 함께 꽃 피워
> 수많은 사람 불러 모으는 힘을 만든다.
> 자작나무도 다 함께 모여 손 흔들기에,
> 하늘 향해 환호하기에
> 사람들도 손잡고 자작나무 숲으로 모이는 것이다.
> 그런 거다.
> 같이 하기에 떨림이 있는 것이다.
> 함께 하기에 아픔도 견딜만한 것이다.
> 조팝꽃 향기에 어둠이 하얗게 밀려난다.
> (「조팝나무」 전문)

이 작품에서 보여주는 조화는 서로 다른 존재들의 집합이 만들어내는 것이라기보다는 동류(同類)의 집합이 만들어내는 조화라고 할 수 있다. 물론 조팝나무 꽃송이를 구성하는 각각의 꽃이 서로 다른 모습일 수는 있지만, 여기서는 무수히 많은 같은 꽃들이 함께 모여서 꽃을 피운다고 했다. 그렇게 모여서 서로가 서로에게 손 얹고 서로의 온기로 꽃을 피웠기 때문에 '큰 향기를 만든다.' 벚나무가 그러하고 자작나무가 그러하다. 그러므로 사람들은 그 꽃과 나무 아래로 모여든다고 했다. 심지어 조팝나무가 조화롭게 피어나면서 자신의 흰 꽃빛으로 어둠을 밀어내는 힘을 가진다고 했다. 이것이야말로 조화가 만들어내는 위대한 기적이 아니겠는가.

❹ 유동하는 경계와 '쯤'의 미학

사물의 존재론을 전제로 하는 순간 우리는 사물과 사물의 경계를 구분해야 한다. 서로 다른 돌들이 돌담으로 조화를 이루는 경우에도, 다양한 모습의 유리 조각들이 스테인드글라스로 조화를 이루는 경우에도 혹은 작은 꽃들이 모여서 조팝나무의 거대한 꽃 향기로 드러나는 경우에도 각각의 사물과 사물 사이에는 경계가 지어진다. 이미 만들어진 경계는 '연장(延長)'으로서의 사물을 논의

하는 중요한 전거다. 그것이 이성으로 구성되는 세계다. 그러나 최상만 시인은 그러한 경계를 모호하게 만듦으로써 조화의 그림을 한층 따뜻하게 만든다. 예컨대 이런 작품을 보자.

바다가 하늘인지
하늘이 바다인지
모를 푸르름이여!

산도 푸르고
들도 푸르고
마음도 푸르른 하늘이여!

하늘은 스스로
경계를 만들지 않는다
누군가가 그어 놓았을 뿐

하늘은 이미 알고 있었던 거다
함께 어우러지는 법을
하나 되는 법을
(「하늘」 전문)

하늘을 배경으로 바다와 산은 경계가 지어진다. 그러나 동시에 푸르름이라는 공통의 소재를 통해서 지어진 경계를 넘어서기도 한다. 되돌아보면 그 경계를 명확하게 구분하는 주체는 바로 우리 자신이 아니던가. 하늘이나 산, 들, 바다 등은 그 스스로 경계를 짓지 않는다. 인간이 스스로 경계를 그어놓고 이름을 붙인다. 언어가 가지는 도저한 명징성이 여기서 보이는 것이다. 그런데 최상만 시인은 그러한 언어적 명징성조차도 부정하고자 한다. 이 시집에 수록된 작품을 보면 특히 눈에 띄는 단어가 있다. 바로 '쯤'이다. 이 말은 명확한 정도나 경계를 의미하는 것이 아니라 감각적으로 구분되는 '정도'나 '범위'를 지칭한다. 예컨대 '우리 동네'라고 하면 동네의 범주를 지도 위에 선으로 명확하게 그려야 할 것 같지만, '우리 동네쯤'이라고 하면 그 선이 모호해 지면서 우리 마음속에 감각의 지도가 떠오른다.

이쯤만 바라볼 수 있어도
이쯤만 설렐 수 있어도
다행인 것을

그쯤만 서성일 수 있어도
그쯤만 기다릴 수 있어도
기쁨인 것을

여기 어디쯤에 내가 있고
거기 어디쯤에 그대가 있다면
얼마나 좋으랴

이쯤만 다가갈 수 있어도
이쯤만 그리워할 수 있어도
천 년도 길지 않으리
(「쯤」 전문)

「쯤」은 시인의 마음으로 세계를 인식하는 태도를 잘 보여주는 흥미로운 작품이다. 명확한 범주 안으로 들어가는 것이 아니라 경계의 모호함을 즐기고 그것을 통해서 이성의 원리가 해명하지 못하는 세계와 조화를 말하고 있다. 그것은 감각의 세계이며, 살아있는 한 존재로서의 선언이다. 시간과 공간을 구성하는 이성적 명징함을 넘어서는 새로운 감각의 세계를 드러내는 방식이다. 이러한 표현은 일찍이 김소월(金素月)이 보여주었던 '거리 두기'의 방식이 변형되어 표현된 것으로 보이기도 한다. '/산에 / 산에 / 피는 꽃은 / 저만치 혼자서 피어있네'라고 할 때의 '저만치'가 보여주는 거리 두기의 미학이 최상만 시인에게는 경계의 모호함을 드러내는 '쯤의 미학'으로 계승된 것으로 보인다. (여담이지만, 그런 점에서 보면 「뻐꾸기의 전설」은 김소월의 「접동새」를 패러디한 것처럼 읽힌다. 어쩌면 최상만 시인이 깊이 사숙해야 할 시인은 김소월일지도 모르겠다) 어떻든 시인의 '쯤' 사랑은 이 시집 곳곳에 스며있다. 「한번 쯤」, 「만남」, 「봄비」, 「얼마나 될까」 등 여러 작품에서 '쯤'의 미학은 빛을 발한다. 이러한 표현을 통해서 시인은 명징한 이성의 세계를 넘어서 아름다운 감성의 새로운 경계를 만들어내는 것이다. 물론 최상만 시인의 시가 여전히 단단하게 여물어 가야 한다는 점은 분명하다. 어조의 다양성이나 시적 맥락의 정치함, 새로운 소재의 발굴, 다층적 표현의 개발 등 갈 길이 멀다. 그럼에도 불구하고 세상을 바라보는 시인의 따뜻한 시선, 나와 남을 구분하지 않는 '쯤'의 미학은 우리 시단에 흥미로운 화두를 던져주는 것임에 틀림이 없다.